AF233895

TOUTE LA GRÈCE,

OU

CE QUE PEUT LA LIBERTÉ,

TABLEAU PATRIOTIQUE,

EN UN ACTE.

REPRÉSENTÉ, *pour la première fois*, à Paris, *sur le Théâtre de l'Opéra National*, le 16 Nivôse.

DÉDIÉ A LA NATION ET AUX ARMÉES FRANÇAISES.

PAROLES DU C. J.
MUSIQUE DU C. LE MOYNE.

Prix, 15 sols.

A PARIS,

Chez HUET, Libraire, Marchand de Musique & d'Estampes, rue Saint-Honoré, vis-à-vis les Jacobins, N.° 70, & au Théâtre de la rue Feydeau;

Et chez les Citoyens DENUÉ & CHARON, Passage de la rue Feydeau.

L'An II.

TOUTE LA GRECE,

OU

CE QUE PEUT LA LIBERTÉ,

TABLEAU PATRIOTIQUE.

SCENE PREMIERE.

*Le Théâtre représente le Pyrée, port d'Athènes ;
des vaisseaux que l'on équippe, d'autres que l'on fa-
brique ; plusieurs forges placées en perspective sous
un long portique, où l'on fait des damas, des jave-
lots et des lances ; d'un coté, les rues d'Athènes, dont
on voit l'entrée ; de l'autre, les remparts plantés d'arbres,
et coupés par une porte en forme d'arc-de-triomphe ;
dans le fond, la mer et les vaisseaux ; par-tout des
Ouvriers en activité, etc. Tel est le tableau qu'offre la
scène quand on lève la toile.*

CHŒURS D'OUVRIERS.

P**RÉPARONS**, préparons gaîment
Ces armes qui doivent confondre
L'ennemi que la Grèce épargna trop souvent ;
Vils soldats, qui sur nous ensemble venez fondre !
Esclaves égarés, qui vendez aux tyrans
    Vos cœurs, vos bras & vos ferments !....
    Nous avons de quoi vous répondre,..
Voilà, voilà, voilà, voilà pour vous répondre !

LE CHEF DES TRAVAUX, *aux Ouvriers.*

La Liberté, mes bons amis,
Eft un bien que notre pays
Confervera malgré la rage
Des partifans de l'efclavage.

UN AUTRE ATHÉNIEN.

O bien chéri ! malheur à qui regrette
L'or ou le fang qui t'a conquis !
Soyons libres, mes bons amis ;
Ce tréfor, quel qu'en foit le prix,
Vaut toujours bien ce qu'on l'achette.

LE CHŒUR *reprend.*

Préparons, &c.

SCENE II.

LES ACTEURS PRÉCÉDENS ; DÉMOSTHENES *s'a-vançant le long des forges, et encourageant les Ouvriers par ses gestes.*

LE CHEF DES TRAVAUX.

JE vois vers nos travaux s'avancer Démofthènes.

L'AUTRE ATHÉNIEN, *à Démofthènes.*

Venez, fublime appui du civifme d'Athènes !...

DÉMOSTHÈNES.

Généreux compagnons, courage !... dès ce foir,
Sous nos remparts nous allons voir

Tous les bataillons de la Grèce
A nous se réunir dans une sainte ivresse.
D'un pas précipité sur l'ennemi commun ,
Tous les Grecs , animés d'une juste furie ,
Vont se porter ensemble . . . . & sauver la Patrie ! . . . .
Pour frapper un grand coup, leurs bras n'en feront qu'un.

A I R.

QUAND la Patrie appelle ,
On voit tous ses enfants
Frappés de ses accents
Se ranger autour d'elle.
Volant de toute part ,
Auprès d'elle ils s'empressent ;
Vivement ils la pressent
Et lui font un rempart.
Dans leur course rapide
Rien ne les rallentit ;
C'est l'honneur qui les guide ,
Le succès qui les suit. . . .
A leur air intrépide ,
L'esclave intimidé ,
S'intimide & s'enfuit. . . .
De conquête en conquête
L'homme libre est porté ;
Par son zèle excité ,
Rien , rien ; non , rien , rien ne l'arrête.

SCENE III.

LES ACTEURS PRECEDENS, les Femmes & les
Filles d'Athènes, & EUCHARIS *à leur tête.*

*On les voit arriver avec des étoffes sous le bras, et
des vêtemens à la grecque, tout faits.*

EUCHARIS, *à Démosthènes.*

ORACLE du Sénat, dont la mâle éloquence,
Comparable à la foudre, entretient parmi nous
     Le feu sacré qui nous embrâse tous;
Vois un sexe timide & faible en apparence
Partager les transports, seconder les travaux
     De tout un peuple de héros!

*Avec une expression plus vive et d'une voix que l'em-
pressement étouffe.*

Philippe contre nous s'avance avec audace;
Pour asservir la Grèce il s'agite, il menace;
Il veut qu'un peuple libre & protégé des Dieux
Courbe un front dégradé sous son joug odieux ....
Eh-bien! que ses soldats nous connaissent; qu'ils tremblent!
Quand pour les repousser tous les Grecs se rassemblent,
Nous, de ce prompt départ loin de nous affliger,
Nous les exciterons à voler au danger;
Et même, en attendant, loin de rester oisives,
Nous leur vouons nos soins; ... déjà nos mains actives

Ont préparé ces dons!.... qu'ils partent, nos guerriers!
Qu'au prix de ces bijoux leur conquête s'assure;...

Ici Eucharis et toutes les Femmes, à son exemple,
se défont précipitamment, sur la scène, de leurs colliers,
boucles d'oreilles, etc.

Leur main victorieuse, au lieu d'autre parure,
    Ceindra nos fronts de leurs lauriers!

CHŒUR DES FEMMES.

    Qu'ils partent, nos fils, nos époux!
Déjà de leurs exploits notre ame est attendrie;
    Tout nous dit que, s'ils sont à nous,
    Ils sont bien plus à la Patrie.

DÉMOSTHÈNES, *d'un ton pénétré.*

De notre République, ô vous, digne ornement!
Je ne vous parle point de sa reconnaissance....
    L'héroïsme du sentiment
    Porte avec lui sa récompense.

Au Public, en les montrant avec enthousiasme.

Quel est donc ton empire, ô sainte Liberté!..
Et combien ton génie ajoute à la beauté!

On entend plusieurs marches des Phalanges qui s'avan-
cent de différents côtés, pour se réunir sur le port.

DÉMOSTHÈNES, *avec ivresse.*

Mais j'entends de la Grèce approcher les Phalanges,...
    Dieu! protecteur de mon païs!....

Il me semble que tu nous venges !...
Déjà dans mon tranfport , je vois nos ennemi
Sous le fer de ces Grecs tomber anéantis.

SCÈNE IV.

LES ACTEURS PRÉCÉDENS , NICIAS , LES
DOUZE PHALANGES, *ayant chacune leur Chef.*

*Elles entrent sur la scène de tous les côtés , mais avec
ordre et lentement, de sorte qu'il n'en arrive que
deux à-la-fois. On lit sur l'enseigne de la première
Phalange :* Athènes , vive la République ! *sur la
deuxième,* Lacédémone , la Liberté ou la mort; *sur
la troisième,* Corinthe , ordre et discipline ; *sur la
quatrième,* Thèbes , obéissance aux loix; *sur la
cinquième,* Argos, respect à l'Éternel; *sur la sixième,*
Dodone, sûreté , propriété ; *sur la septième,* Lem-
nos , honneur aux beaux arts ; *sur la huitième,*
Delphes, haine aux tyrans ; *sur la neuvième,* Mé-
gare , mœurs et fraternité; *sur la dixième,* Mara-
thon , bon exemple à nos enfants; *sur la onzième,*
Délos, l'union fait la force ; et enfin, *sur la dou-
zième,* Étolie , courage , Républicains !

NICIAS, *aux douze Phalanges.*

GÉNÉREUX compagnons, qui, par un libre choix,
M'avez nommé le chef de votre ligue sainte !
La Patrie en danger vous preffe par ma voix
Sur le fort du combat de bannir toute crainte.

CHŒUR DES PHALANGES.

Loin de connaître la terreur,
Nous saurons l'inspirer aux autres ;
L'esclave a l'effroi dans son cœur,
Mais l'assurance est dans les nôtres.

NICIAS.

Philippe enchaînât-il sous la loi tyrannique
Tous les peuples de l'Univers ;
Que peut contre l'elan de notre République,
Le mercenaire effort de cent peuples divers,
Marchant péniblement sous le poids de leurs fers ?

CHŒUR DES PHALANGES, *très-animé.*

Plus tard ils connaîtront les charmes
De cette Liberté que poursuivent leurs armes ;
Et l'on verra sur leurs remparts,
Arborés de leurs mains, flotter nos étendards.

Elles agitent très-haut leurs Enseignes.

EUCHARIS.

Épouses, Meres, Citoyennes,
Nous venons déposer pour vous
Entre les mains de Démosthènes,
Le fruit de nos travaux & l'or de nos bijoux.

DÉMOSTHÈNES, *aux Femmes.*

Chargez de tous vos dons ces vaisseaux qu'on apprête,
Qui vont au Champ-de-Mars transporter nos Soldats.

Aux Phalanges.

Guerriers ! tout vous fourit en cet inflant de fête,
La Liberté, l'Amour, & le Dieu des combats.

Les Femmes descendent sur les vaisseaux, et les char-
gent des dons qu'elles ont apportés, et de ceux d'Eu-
charis, pendant que celle-ci chante ce qui suit.

EUCHARIS, aux *Phalanges.*

AIR.

PARTEZ, partez ! fauveurs de la Patrie !
Partez, & que l'honneur précipite vos pas !
Que l'hydre de la Tyrannie,
Succombant fous vos coups, ne fe relève pas.
Ceux d'entre vous qui, pour venger la Grèce,
Iront au fein des immortels,
Au lieu de pleurs, vous verrez l'allégreffe
A leur mémoire ériger des autels !
Nous préférons l'honorable veuvage
Qui fuit le trépas du vainqueur,
A la flérile & trompeufe douceur
D'un trifte hymen flétri par l'efclavage.

CHŒUR.

EUCHARIS, *avec la plus vive expreffion.*

Entre vos mains eft notre deftinée....

NICIAS & TOUTES LES PHALANGES, *d'un ton*
ferme & fec.

Dites plutôt votre fuccès....

EUCHARIS.

Souffrirez-vous que la Grèce enchaînée.....

NICIAS & TOUTES LES PHALANGES.

Jamais, jamais !

EUCHARIS.

C'eſt de vous ſeuls qu'elle attend la victoire...

NICIAS & TOUTES LES PHALANGES.

Elle l'aura.

EUCHARIS.

Ce beau triomphe, annoncé dans l'hiſtoire...
Il le fera.

EUCHARIS.

A nos neveux ſervira de modèle....

NICIAS & TOUTES LES PHALANGES.

Ils le ſuivront.

EUCHARIS.

Et tous les peuples qui naîtr ont....
Frappés d'un ſi beau zèle . . . .

NICIAS & TOUTES LES PHALANGES.

L'admireront,
L'imiteront !

CHŒUR GÉNÉRAL, *avec une sorte de rage.*

LES PHALANGES.

Oui, oui, oui, nous vaincrons ;
Nous le jurons
Sur notre vie :
Nous défendrons
Notre Patrie ;
Oui, oui, nous rejettons
Toute offre despotique ;
Oui ; nous voulons
La République ;
Et nous l'aurons !...
Oui, oui, oui ; nous l'aurons, nous l'aurons, nous l'aurons !

SCÈNE V.

LES ACTEURS PRÉCÉDENS, *une phalange de jeunes Enfans, toute armée, venant se joindre aux autres Troupes, & portant une petite Enseigne, avec cette devise :* L'ESPOIR NAISSANT DE LA PATRIE.

LES ENFANS.

CHŒUR.

GRECE ! nos faibles bras auront de la vigueur,
Pour concourir à ta juste défense !
D'un feu prématuré nous sentons la chaleur,

Nous élever au-deſſus de l'enfance....
Nous prouverons aux tyrans inhumains
Que le courage
N'attend pas l'âge
Chez les Républicains.

EUCHARIS , *embraſſant* LEUR CHEF ,
tandis que d'autres Femmes embraſſent d'autres En-
fants.

Allez , allez , heureux enfants ,
Qui conſacrez vos jeunes ans
A la plus noble des carrières !
Notre ſexe eſt jaloux d'un deſtin ſi flatteur...

D'un ton plus énergique.

Si vous mourez au champ d'honneur ,
Vous ſerez remplacés par vos ſœurs & vos meres!

TOUTES LES FEMMES
répètent du ton le plus expreſſif.

Si vous mourez , &c.

DÉMOSTHÈNES & NICIAS ,
à part.
Peut-on tenir à ce tableau touchant?
Peut-on lui refuſer des larmes ?
Spectacle auguſte , intéreſſant !
Pour qui n'aurais-tu point de charmes

SCENE VI.

LES ACTEURS PRÉCÉDENS ; PÉRIANDRE,
en habits de magiftrat, perçant la foule avec empref-
fement & s'adreffant à Démofthènes.

PÉRIANDRE.

RÉCITATIF.

Au nom des Magiftrats, & de la Grèce entière,
Député près de toi, j'apporte la prière
Que nous fait un Ambaffadeur.....

DÉMOSTHENES, NICIAS *& tous les Grecs, avec feu.*

Non, non, non ; point d'Ambaffadeur ;
Qu'on le renvoie à fon Seigneur.

PÉRIANDRE.

Il attend au Sénat le moment de paraître
Pour porter la réponfe à Philippe fon maître....

NICIAS.

Quoi ! ce Philippe audacieux,
Ce mortel, dont le cœur féroce, ambitieux,
De notre Liberté veut faper l'édifice ,....
Ofe encore députer vers nous !

Non, non, non, non; nous voulons tous
Ou qu'il l'emporte, ou qu'il périsse !....
    Tous les Grecs, *avec fureur.*
Non, non, non, non; nous, &c....

DÉMOSTHENES.

Il voit avec dépit, ce tyran détesté,
L'encens pur que la Grèce offre à la Liberté !...
Il craint que, sa vapeur fumant sur son Empire,
Le Peuple avec plaisir enfin ne la respire....
Il verra ce que peut un grand Peuple irrité,
Orgueilleux d'être libre, & qui veut toujours l'être...
Avec dédain.
C'est ce que l'Envoyé peut redire à son maître.

PÉRIANDRE.

Ce valet-courtisan nous a juré sa foi
Qu'un Roi désabusé cherchait notre alliance.....

NICIAS.

Non, non, non, non; point d'alliance !
On n'en fait pas avec un Roi !

PÉRIANDRE & TOUS LES GRECS, *avec fureur.*

Non, non, non, non; point, &c....

_ ÉRIANDRE, *avec l'excès de l'indignation*

Il nous parle de paix, ce brigand déteftable
    Dont le cœur affreux & pervers
    Voudrait fous fon joug exécrable
    Courber, écrafer l'Univers.
En se tournant avec rage du côté d'où il vient.
Non, non; vil fcélérat !... l'horreur du diadème
    Ajoute encore à tes forfaits !...
    Pour prouver combien je te hais,
    Ma rage eft faible, quoiqu'extrême....
Aux Grecs.
    Aux traîtres accorder la paix,
    N'eft-ce pas fe trahir foi-même ?

TOUS LES GRECS, *avec fureur.*

    Non, point de paix !
    La guerre ! la guerre !

NICIAS.

Notre rage eft trop jufte ; il la faut fatisfaire !

PÉRIANDRE, *ironiquement.*

Au refte, il a, dit-il, des milliers de foldats.

DÉMOSTHENES.

La Grèce a des milliers & de cœurs & de bras !...

PÉRIANDRE.

Il saura bien payer leur courage & leur vie...

NICIAS.

Les Grecs fans intérêt mourront pour leur Patrie !

PÉRIANDRE, *en riant.*

De fe battre pour lui tout leur fait une loi !..

DÉMOSTHÈNES, *en riant auffi.*

On fe bat mieux encor , quand on fe bat pour foi !...

PÉRIANDRE, *à Démofthènes.*

Cependant il t'eftime..... & s'en rapporte à toi....

DÉMOSTHÈNES, *encore plus indigné.*

Qu'il garde pour lui feul fon arrogante eftime....
Il m'eftime ! un Defpote ! un Roi !.. déshonoré !...
Croit-il intéreffer à la caufe du crime
Ce peuple fier , par qui le trône eft abhorré ?...

PÉRIANDRE, NICIAS *& tous les Grecs fe remettant
en marche.*

CHŒUR.

Allons , allons ; plus de retard ;
Précipitons notre départ !
Tyrans ! Tyrans ! tremblez !

Bientôt, bientôt vous allez
Sous nos efforts être accablés !....

LES OUVRIERS ET LES FEMMES, *à grands cris.*

Marchez.....

LES PHALANGES, *à grands cris.*

Marchons !

LES OUVRIERS ET LES FEMMES, *à grands cris.*

Combattez !

LES PHALANGES,

Combattons....

*Les Soldats descendent en partie sur les vaisseaux,
d'autres sont préts à y descendre ; les Femmes et les Ouvriers grouppés à l'entrée des rues d'Athènes, les ex-
citent par leurs gestes.*

TOUS LES GRECS, *avec le dernier degré de l'enthousiasme , agitant leurs armes , & levant leurs mains
au ciel.*

La guerre ! la guerre !

DÉMOSTHÈNES , NICIAS ET PÉRIANDRE , *se tenant
étroitement serré sur l'avant-scène, d'une voix sourde
& pleine de fureur.*

Combattons , combattons ; qu'ils mordent la poussière :
Qu'ils finissent, tous les brigands !

Des despotes purgeons la terre.....
Exterminons tous les tyrans ;
Qu'il n'en reste plus sur la terre.....

TOUS LES GRECS *disparaissent.*

A grands cris.

La guerre ! la guerre

La tolle tombe.

FIN.

DE L'IMPRIMERIE DES SOURDS-MUETS,
rue du Petit-Musc, près l'Arsenal.